29. 97   00. 08. 97

Mae'r llyfr
DREF WEN
hwn yn perthyn i:

_____

_____

_____

_____

GW 1403106 X

DERBYNIWYD/
RECEIVED

CONWY

GWYNEDD

MÔN

COD POST/POSTCODE   LL55 1AS

19 DEC 1996

**Storïau gan Mary Rayner
o Wasg y Dref Wen**

Wil Drwg
Mrs Mochyn yn Colli'i Thymer
Perfformiad Anhygoel Gari Mochyn
Mrs Mochyn a'r Sôs Coch

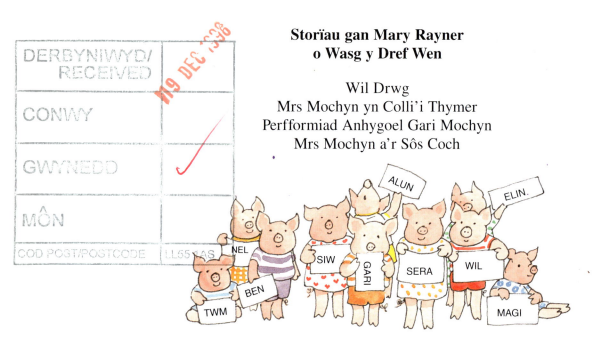

Testun a lluniau © hawlfraint Mary Rayner 1986, 1996

Mae Mary Rayner wedi datgan ei hawl i gael ei hadnabod fel awdur y gwaith
hwn yn unol â Deddf Hawlfraint, Dyluniadau a Phatentau 1988.

© hawlfraint 1996 y cyhoeddiad Cymraeg Gwasg y Dref Wen
Cyhoeddwyd gyntaf yn Saesneg 1996 gan
Macmillan Children's Books, 25 Eccleston Place, Llundain,
o dan y teitl *Mrs Pig Gets Cross*.
Cyhoeddwyd yn Gymraeg 1996 gan Wasg y Dref Wen,
28 Ffordd yr Eglwys, Yr Eglwys Newydd, Caerdydd CF4 2EA
Ffôn 01222 617860.

Argraffwyd yn Hong Kong.

Cedwir pob hawlfraint. Ni chaiff unrhyw ran o'r llyfr hwn ei hatgynhyrchu na'i
storio mewn system adferadwy na'i hanfon allan mewn unrhyw ffordd na thrwy
unrhyw gyfrwng electronig, peirianyddol, llungopïo, recordio nac unrhyw
ffordd arall, heb ganiatâd ymlaen llaw gan y cyhoeddwyr.

MRS MOCHYN
YN COLLI'I THYMER

Stori a lluniau gan
Mary Rayner
Trosiad gan Roger Boore

DREF WEN

Roedd 'na unwaith deulu o foch. Roedd 'na Mr Mochyn a
Mrs Mochyn a deg mochyn bach. Siw oedd yr hynaf. Yna
daeth Magi, Elin, Sera, Twm, Nel, Wil ac Alun, ac yna'r

ddau ifancaf, Ben a Gari.

Un diwrnod roedd Mrs Mochyn wrthi'n tacluso'r teganau oedd ar wasgar hyd lawr y gegin. Ac roedd hi'n grac. Roedd yn gas ganddi blygu am ei bod hi mor dew. Cododd hi ychydig yn rhagor o'r teganau, yna sythodd a'u sodro nhw i lawr ar y bwrdd.

"Dw i ddim am wneud dim rhagor! Welais i erioed foch bach mor anniben! Mi gaiff eich pethau aros lle maen nhw. Dw i rhy wedi blino i'w clirio nhw," meddai hi.

Rhoddodd y moch bach ychydig o help. Lluchion nhw rai o'r briciau i'r bin briciau.

Cafodd y rheilffordd oedd yn gwau dan y cadeiriau
ei thynnu'n ddarnau, ond wnaeth y darnau ddim mynd
i mewn i'w blwch, rywsut.

Pan ddaeth Mr Mochyn adref yn hwyr y nos, cafodd fod
y tŷ yn fwy anniben nag erioed. Camodd dros feic Gari yn
y cyntedd, ac yna dros roced Twm. Edrychodd ar y cotiau,
bagiau, papurau ac esgidiau wedi'u taflu blith traphlith ar
y staer, ac yna aeth i'r ystafell fyw. Roedd Mrs Mochyn
yn gorwedd ar ei hyd ar y soffa gyda chylchgrawn.

"Pam na fedri di wneud i'r plant gadw eu pethau?" meddai Mr Mochyn yn biwis. "Mi ddylen nhw glirio eu teganau a'u dillad eu hunain."

"Doedd gen i mo'r nerth i'w gorfodi nhw," meddai Mrs Mochyn. Yna dechreuodd y ddau ddadlau tro pwy oedd e i wneud y te, ac yn y diwedd aethon nhw i'r gwely heb gael dim. Roedd Mr Mochyn mor flin nes yr anghofiodd gloi drws y ffrynt.

Ganol nos, a'r tŷ mewn tywyllwch, daeth rhyw greadur cyfrwys ei olwg yn prowlan ar hyd y stryd. Lleidr oedd e. Ceisiodd agor drysau'r tai, ond methu wnaeth e nes dod at dŷ Mr a Mrs Mochyn.

Agorodd eu drws nhw yn hawdd.

Sleifiodd y lleidr i mewn. Roedd 'na olau i'w weld ar ben y staer, ond yn y cyntedd roedd hi'n dywyll fel bol buwch. Aeth ymlaen ychydig gamau, a syrthiodd dros feic Gari. Ow – trawodd bawen dros ei geg i'w atal ei hun rhag gweiddi.

Ymlaen ag ef ar flaenau'i draed. Craits! I mewn i roced Twm. Ymlaen eto. Blap! Ar esgid Wil ar ris isa'r staer. Aaah! Bu bron iddo ddisgyn dros strap bag Sera. Stryffagliodd ymlaen i fyny'r grisiau nes cyrraedd stafell wely Mr a Mrs Mochyn.

Agorodd y drws. Roedd y ddau yn cysgu. Sleifiodd heibio i'r gwely at y bwrdd gwisgo, ac agorodd y droriau, yn dawel, dawel. Roedd Mrs Mochyn yn cadw popeth yn y lle cywir. Rhoddodd y lleidr ei thlysau i gyd mewn bag bach oedd ganddo, ac aeth at y bwrdd wrth ymyl y gwely. Dyna lle roedd waled Mr Mochyn yn gorffwys yn gymen wrth ochr ei arian mân, a chymerodd y lleidr y ddau.

Roedd sŵn y roced yn chwalu wedi dihuno tamaid ar Mr Mochyn, ac yn awr fe symudodd yn ei gwsg, gan rochian.

Ei heglu hi allan wnaeth y lleidr.

Rhedodd yn ysgafn i lawr y grisiau cyntaf – yna baglodd dros esgid arall Wil, a gollwng ei ysbail wrth iddo syrthio bendramwnwgl i'r gwaelod.

Cododd ar ei draed a theimlo am y bag a'r waled. A! Dyma rywbeth meddal. Ond na, hosan Wil oedd e. Yna cafodd hyd i'r bag. Gwag. Roedd popeth wedi saethu allan.

Clywodd sŵn uwchben. Palfalodd y lleidr o'i gwmpas, ar frys gwyllt. Cydiodd mewn rhyw bethau bach llyfn, a'u stwffio i'r bag, ac mewn rhywbeth sgwâr, oedd yn teimlo fel waled. Gafaelodd ynddo, a rhedodd allan o'r tŷ.

Wedi cyrraedd golau, agorodd y lleidr y waled i gyfri'r arian. Ond nid waled oedd e. Hen declyn dal-tocyn-bws oedd e, yn perthyn i Siw. Roedd hi wedi ei adael ar lawr y cyntedd. Taflodd y lleidr ef i ffwrdd.

Yna agorodd y bag a'i wagio ar ei law. Allan daeth rhyw ugain darn o Lego.

Neidiodd i fyny ac i lawr, roedd mor ddig. Yna aeth adref, yn dristach a doethach lleidr.

Ond rhag ofn iti feddwl bod y stori hon yn dweud wrthyt am beidio â chadw dy bethau yn y lle cywir, dyw hi ddim. Dweud mae hi: Paid byth â gwneud dy fam a dy dad mor grac nes iddyn nhw anghofio cloi'r drws.

Dyma rai llyfrau lliwgar clawr meddal o'r
DREF WEN
ichi eu mwynhau . . .

Storïau

Y Ci Bach Newydd
  Laurence a Catherine Anholt
Un Nos o Rew ac Eira *Nick Butterworth*
Y Lindysyn Llwglyd Iawn *Eric Carle*
Mr Arth a'r Picnic *Debi Gliori*
Arth Hen *Jane Hissey*
Eira Mawr *Jane Hissey*
Pen-blwydd Ianto *Mick Inkpen*
Y Ci Mwya Ufudd yn y Byd *Anita Jeram*
Y Wrach Hapus
  Dick King-Smith/Frank Rodgers
Eira Cyntaf *Kim Lewis*
Afanc Bach a'r Adlais
  Amy MacDonald/Sarah Fox-Davies
Ffred a'r Diwrnod Wyneb-i-waered
  Tony Maddox
Bore Da, Broch Bach *Ron Maris*
Twm Chwe Chinio *Inga Moore*
Beth Nesaf? *Jill Murphy*
Pum Munud o Lonydd *Jill Murphy*
Heddlu Cwm Cadno *Graham Oakley*

Mrs Mochyn a'r Sôs Coch *Mary Rayner*
Perfformiad Anhygoel Gari Mochyn
  Mary Rayner
Arth Bach Drwg *John Richardson*
Cwningen Fach Ffw
  Michael Rosen/Arthur Robins
Wil y Smyglwr *John Ryan*
O, Eliffant! *Nicola Smee*
Wyddost ti beth wnaeth Taid?
  Brian Smith/Rachel Pank
Methu cysgu wyt ti, Arth Bach?
  Martin Waddell/Barbara Firth

Cyfres Fferm Tŷ-gwyn *gan Jill Dow*
Swper i Sali
Cywion Rebeca
Dyfrig yn Mynd am Dro
Geifr Bach Drwg

Cyfres Perth y Mieri *gan Jill Barklem*
Stori am y Gaeaf
Stori am yr Haf

Gwasg y Dref Wen, 28 Ffordd yr Eglwys, Yr Eglwys Newydd, Caerdydd CF4 2EA Ffôn 01222 617860